AFONSO ARINOS

Produção editorial

Monique Mendes

Revisão

Elvia Bezerra

Projeto gráfico e Editoração eletrônica

Estúdio Castellani

Catalogação na fonte:
Biblioteca da Academia Brasileira de Letras

A711 Arinos, filho, Afonso, 1930-.
Afonso Arinos : cadeira 40, ocupante 2 / Afonso Arinos, filho. – Rio de Janeiro : Academia Brasileira de Letras ; São Paulo : Imprensa Oficial do Estado, 2010.
64 p. ; 18,5 cm. – (Essencial ; 11)

ISBN 978-85-7440-149-2 (Academia Brasileira de Letras)
ISBN 978-85-7060-857-4 (Imprensa Oficial do Estado de São Paulo)

1. Arinos, Afonso, 1868-1916. I. Imprensa Oficial do Estado (SP). II. Título: Cadeira 40, ocupante 2. III. Série.

CDD B869.92

Esta edição adota o *Novo Acordo Ortográfico da Língua Portuguesa.*

Série Essencial

Afonso Arinos

Cadeira 40 / Ocupante 2

Afonso Arinos, filho

Academia Brasileira de Letras

imprensaoficial

Afonso Arinos

Afonso Arinos, filho

O primeiro Afonso Arinos de Melo Franco nasceu em Paracatu, Minas Gerais, a 1.º de maio de 1868, de velhos troncos estabelecidos na província desde a época da colônia. Só que o nome Arinos não consta da sua certidão de batismo, tendo-lhe sido acrescentado mais tarde pelo pai, com a mania indianista, em voga na época, que o fez distribuir apelidos exóticos por todos os filhos e filhas. Arinos foi o único que permaneceu, e a tal ponto que Afonso não utilizava o nome da família, transformando-o, praticamente, em sobrenome. Sua esposa Antonieta, filha do conselheiro Antônio Prado, sobrinha de Eduardo Prado, irmã de Paulo Prado, seu ex-colega de faculdade, e de Antônio Prado Júnior, era conhecida e firmava o próprio nome como Antonieta Arinos. Tampouco o sobrinho Afonso, futuro escritor e acadêmico como o primeiro, professor constitucionalista, deputado, senador e ministro de Estado, foi batizado Arinos. Adotou o nome do tio quando este faleceu, a instâncias da avó paterna, mãe de Arinos, que nele, aos dez anos, já divisava inclinação literária.

Desde menino, Afonso se habituou a acompanhar o pai, juiz de direito, pelas comarcas do sertão. Viajou por Minas Gerais, morou em Goiás. Daí sua intimidade profunda com as paisagens e os tipos sertanejos, que dariam ao futuro escritor características de grande capacidade descritiva. E nele fixariam, de forma indelével, o amor ao povo e o nacionalismo acendrado que o acompanharam por toda a vida.

Estudante em São João del Rei, em Ouro Preto, no Rio de Janeiro, Afonso Arinos bacharelou-se pela Faculdade de Direito de São Paulo em 1889, ano da proclamação da República. Porém, monarquista convicto, jamais aderiu ao novo regime, ao contrário do irmão Afrânio, que nele faria proeminente carreira política. Daí a decisão, cumprida até o fim, de não ingressar na vida pública.

Entrou, então, a advogar em Ouro Preto, onde cedo sua casa se tornaria abrigo de intelectuais fugidos da ditadura de Floriano Peixoto no Rio de Janeiro, pois o governo de Minas Gerais não endossara o estado de sítio decretado na capital da República. Dentre aqueles escritores, basta lembrar Coelho Neto, Carlos de Laet e o amigo Olavo Bilac, que viria a recebê-lo quando do seu ingresso na Academia Brasileira de Letras.

Afonso Arinos vivia, nessa época, sua fase mais criativa de trabalho intelectual. À atividade no foro somavam-se as atribuições de professor de História no Ginásio Mineiro e de Direito Penal na Faculdade Livre de Direito de Minas Gerais. Foi então escrita a maior parte dos contos de *Pelo Sertão*, único livro de ficção que editou em vida sob o seu nome, pela Laemmert. O romance-folhetim *Os Jagunços*, ele firmaria com o pseudônimo de Olívio de Barros. Ambos apareceram em 1898. As *Notas do Dia*, publicadas em 1900, selecionavam sua colaboração para *O Comércio de São Paulo*.

Gilberto Freyre, de hábito avaro em louvores a obras que não fosse suas, ao lembrar que "Carlos de Laet e Afonso Arinos sempre se conservaram arredios do prelo que faz livros e do público que os lê: quase autores sem livros", reconheceu que "Afonso Arinos não era nenhum maninho: apenas preferiu ao contato com o público o contato com a inteligência de um grupo que o soubesse compreender. E, na vida mental do Brasil, Arinos foi realidade viva e mais criadora que o sr. Coelho Neto – autor de tantas dezenas de livros."

As "histórias e paisagens" – subtítulo original do *Pelo Sertão* – que dele constam foram escritas de 1888 a 1895, isto é, entre os 19 e os 26 anos de idade do autor, conforme ele mesmo informou na abertura do volume, à guisa de explicação. Após o falecimento do autor, belos e importantes trabalhos que Arinos deixara inéditos, como, entre outros, o conto "A Garupa" e a visão de Vila Rica intitulada "Atalaia Bandeirante", seriam publicados, em 1921, sob aquele título, *Histórias e Paisagens*. Antes de se reunirem no livro *Pelo Sertão*, "A Velhinha", "Desamparados" e "Paisagem Alpestre" apareceram no *Estado de Minas*, firmados com o pseudônimo de Gil Cássio (que eu retomaria, seis décadas mais tarde, em *Manchete* e no *Jornal do Brasil*, ao escrever, sobre questões de política externa, matérias que a condição de diplomata me impedia de assinar), "A Fuga" no *Minas Gerais* em 1894, "A Esteireira" na *Gazeta de Notícias*, "Pedro Barqueiro" e "Manuel Lúcio" no *Minas Gerais*, "Joaquim Mironga" e, de novo, "Pedro Barqueiro" na *Revista Brasileira*, todos em 1895, "A Cadeirinha" e "Assombramento" nessa mesma revista, respectivamente em 1896 e 1897, "Buriti Perdido" em *O Comércio de São Paulo.*

Este último poema em prosa foi, de certa forma, uma profecia de Brasília, ao imaginar que, "se algum dia, a civilização ganhar essa paragem longínqua, talvez uma grande cidade se levante na campina extensa que te serve de soco, velho Buriti Perdido. (...) Então, talvez, (...) uma alma que tenhas movido ao amor e à poesia, não permitindo a tua destruição, fará com que figures em larga praça". O Senador Afonso Arinos sugeriu a Israel Pinheiro, que presidia a empresa construtora de Brasília, plantá-lo na forma sonhada pelo escritor. O que foi feito na Praça do Buriti, fronteira ao Palácio do Buriti, sede do governo da capital federal, onde aquela frase do sertanista ilustre figura transcrita em letras de bronze num pedestal marmóreo.

Disse-me, um dia, Guimarães Rosa que colocara o *Buriti Perdido* como orelha da sua segunda coletânea de contos, *Corpo de Baile* (mais tarde tripartida em três tomos, *Manuelzão e Miguilim*, *No Urubuquaquá, no Pinhém* e *Noites do Sertão*), para assinalar, reconhecendo-a, a própria filiação literária a Afonso Arinos. O renovador genial da linguagem escrita, atribuída ao sertão mineiro, justificava, com isso, a opinião de Carlos Roberto Pellegrino, para quem "Afonso Arinos, hoje legado a injusto esquecimento, é fonte primeira para um estudo sério pelos que enveredam pela literatura regionalista. Se hoje, o que é inegável, caminhamos para uma autonomia linguística, demos graças a ele, a 'Assombramento', 'Pedro Barqueiro', 'Joaquim Mironga', seus melhores contos." Já para o segundo Afonso Arinos, o conto do tio que mais lhe agradava era "A Garupa", incluído no livro póstumo *Histórias e Paisagens.*

De Arinos diria Mário Matos que "foi um pintor. (...) Apreciável como nota saliente é a sensibilidade visual traduzida por grande poder pictórico. (...) Mas, além de talento pictural, tem ele, também, temperamento de auditivo. A experiência da vida biparte-se-lhe nessas sensações: sensação visual e sensação auditiva. A vista e o ouvido são-lhe os sentidos estéticos por excelência. Até os próprios pensamentos que se encontram na obra de Arinos, esses mesmos são frutos de observação visual ou auditiva." Com "Assombramento" podemos exemplificar o visual: "As sobrecargas e os arrochos, os buçais, a penca de ferraduras, espalhados aos montes; o surrão da ferramenta aberto e para fora o martelo, o puxavante e a bigorna; os embornais dependurados; as bruacas abertas e o trem de cozinha em cima de um couro; a fila de cangalhas de suadouro para o ar, à beira do rancho – denunciaram ao arrieiro que a descarga fora feita com a ordem de costume". Já "O Contratador de Diamantes" dá boa notícia do auditivo: "E compassadamente, em lentos bamboleios, ao som de castanholas, Cotinha deslizou, levantando-se nas pontas dos pés e pousando de leve sobre os saltos. (...) Ao longe, numa sala de dentro, fervia um fandango ao som de xiquexiques. Um novato tocava sestros e um rapazola moreno, da terra, requebrando o corpo, cantava à viola o estribilho – 'mulata, seu bem sou eu!' Na sala, soava o fagote um trecho de impressionadora melodia. A sociedade do Tijuco folgava."

Para Augusto de Lima, "paira sobre todas as suas criações um grande nimbo de piedade humana, que é o próprio fundo da natureza de Arinos. E é por um retraimento instintivo de modéstia e ao mesmo tempo por uma expansão consciente de generosidade, que as boas qualidades, que eram dele, se achavam aureolando indivíduos de condição inferior, elevados desta sorte, como os miseráveis de Victor Hugo, à altura de heróis, super-homens ou santos. Em 'Joaquim Mironga' vemos, com emoção crescente, o amor desinteressado do capataz rude pelo *sinhô moço*, chorando pranto copioso quando ferido, este expirava nos seus braços, e, sem palavras para narrar mais tarde aos seus companheiros esse desfecho trágico, apenas pôde balbuciar com ternura: 'Lá naquele campo azul, junto com os anjos, pastoreando o gado miúdo...' Quem não se recordará da empolgante narrativa 'Pedro Barqueiro', em cujo desenlace o invencível crioulo fugido se transfigura num herói magnânimo, para perdoar ao algoz da sua liberdade, por ter este revelado intrepidez e valor? É o gênio da cavalaria na natureza inculta do sertão, nobilitado pelo punho generoso do romancista." Maria José de Queirós concorda: "Os heróis criados por Afonso Arinos, rudes, broncos, assassinos, capangas, foragidos da justiça, guardam, no íntimo, intactas, as virtudes do nobre selvagem." Nelson Werneck Sodré argumentaria que "os matutos não são bem assim – ele é que os deseja assim – e no seu processo, apesar da clareza, da limpidez narrativa, existe uma carga de romantismo que transparece à mínima observação. (...) Sob certos aspetos, e fora da época, Arinos colocou-se na posição dos que opunham o homem do interior ao homem do litoral, como forma de frisar o sentido nacional daquele, o que foi uma atitude do sertanismo, muito mais do que do regionalismo, de tudo o que caracterizou a influência romântica, e não daquilo que recebeu o positivo e o melhor da fórmula naturalista."

Sobre "Pedro Barqueiro", narrativa que me encantou a infância, lembra-me haver lido uma evocação familiar de viagem que o jovem Afonso fizera de Paracatu até aonde chegava a linha do trem, guiado pelo Flor. Foi, decerto, no decurso desse itinerário que o acompanhante lhe narrou a história do Pedro Barqueiro, de quem fora algoz: "Eu lhe conto – dizia-me o Flor"...

E Augusto de Lima "bem quisera mostrar, em minuciosa análise literária, o grande valor do *Pelo Sertão*, das *Notas do Dia*, d'*Os Jagunços*, d'*O Mestre de Campo*, d'*O Contratador de Dia-*

mantes e de muitos outros trabalhos esparsos, uns inéditos, outros já consagrados pela publicidade. Façam-se os críticos, como o merece o alto valor dessa obra que ficou de um dos maiores escritores da nossa língua. O momento atual (*escrevia em 1916*) é confuso e tumultuoso, para que se possa discernir no seio das letras o lugar que definitivamente cabe à produção de Afonso Arinos. A sua individualidade, porém, prima sem competição de qualquer outra, no aspeto literário que assumiu."

Quanto à personalidade do escritor, as opiniões eram unânimes. Assim, Olegário Mariano: "Eu, por mim, confesso nunca ter encontrado na vida um homem que dispusesse de tanta força de sedução, falando ou escrevendo. Sua figura de grão-duque exilado, seus gestos lentos, seu ar bonacheirão e abstraído, sua voz de tonalidades graves, davam-lhe uma tal expressão de bondade e candura que eu seria capaz de passar noites em claro a ouvi-lo contar histórias da sua terra e da sua gente. De memória prodigiosa, recordava certos tipos com um poder de imaginação tão grande que nós os sentíamos a nosso lado, em carne e osso, humanos como qualquer de nós." Aurélio Pires, inspirador dos poemas "Mestre Aurélio entre as Rosas", de Pedro Nava, e "Enterro de Mestre Aurélio", de Afonso Arinos sobrinho, via-o "alto, robusto, elegante, de uma estatura e um ar de gigante amável em que se aliavam a energia e a graça, guardando no olhar e na alma o nosso céu e o nosso sol, conservando, sob a polidez das suas maneiras de fidalgo, o andar firme, um pouco pesado, o jeito reservado, um pouco tímido, o falar comedido, um pouco hesitante, de um sertanejo forte, andeiro e cavaleiro, caçador e pioneiro, simples e ousado...” Para Martim Francisco de Andrada, Arinos fora “um dos melhores produtos humanos que hei tido a felicidade de estimar e a vantagem de frequentar. (...) Não ascendeu às eminências sociais que, em qualquer país de opinião, lhe pertenceriam de direito e caberiam de fato. Ninguém, todavia, mais brasileiro: lendas, história, literatura, biografias, documentos, governação, tudo, tudo quanto ao Brasil se referisse mobiliava, com esmero e abundância, a capacidade crítica e a sagacíssima atenção de Afonso Arinos. Nele pulsava o coração da pátria.” Alceu Amoroso Lima, que fez da biografia crítica do escritor mineiro o tema de *Afonso Arinos*, seu livro de estreia escrito em 1922, sob o pseudônimo de Tristão de Athayde, recordaria mais tarde, a propósito da presença cordial do mineiro contador de histórias na chácara de seu pai no Cosme Velho, ter sido “à sombra dos sapotizeiros que Afonso Arinos povoou a nossa infância de um sonho sertanejo, cheio de bravura e poesia”.

Em 1896, Afonso foi pela primeira vez à Europa, itinerário que repetiria amiúde, até o fim da vida, e cujas descrições publicou no *Minas Gerais*. Ao regressar, aceitou convite que lhe fizera Eduardo Prado para assumir a redação do seu diário, *O Comércio de São Paulo*, para o qual começou a colaborar no ano seguinte. O jornal restaurador seria empastelado na onda de violência antimonarquista sucessiva à morte em combate do coronel Moreira César, comandante da segunda expedição militar derrotada pelos sertanejos em Canudos. A propósito, Arinos escreveu artigo memorável em outubro de 1897, a fim de lembrar que "essa luta deveria merecer a atenção dos publicistas, para ser estudada, não simplesmente na trágica irrupção e no desenvolvimento, mas em suas origens profundas, como um fenômeno social importantíssimo para a investigação psicológica e o conhecimento do caráter brasileiro. (...) Até aqui, só eram brasileiros os habitantes das grandes cidades cosmopolitas do litoral; até aqui, toda a atenção dos governos e grande parte dos recursos dos cofres públicos eram empregados na imigração ou no tolo intuito de querer arremedar instituições ou costumes exóticos. O Brasil central era ignorado; se nos sertões existe uma população, dela nada se conhece, dela não cura o governo; e eis que ela surge, numa estranha e trágica manifestação de energia, afirmando sua existência e lavrando com o sangue um veementíssimo protesto contra o desprezo ou o olvido a que fora relegada. E essa força, que assim apareceu, há de ser incorporada à nossa nacionalidade e há de entrar nesta como perpétua afirmação da mesma nacionalidade. (...) Esses que foram mortos ou subjugados pelas armas nacionais fazem parte do grande conjunto de homens (...) que vivem ignorados e esquecidos. (...) Eles receberam o esplêndido e misterioso batismo do sangue, e cintos dessa púrpura abriram as portas da nacionalidade brasileira para seus irmãos sertanejos." Afonso Arinos começou, então, a publicar n'*O Comércio de São Paulo*, sob forma de folhetim e o pseudônimo de Olívio de Barros, o romance *Os Jagunços* – cinco anos antes d'*Os Sertões*, de Euclides da Cunha. E talvez Euclides não dissesse melhor.

A propósito, Alceu esperava que "será a tarefa do século XX (*não cumprida, e adiada para o século XXI*), essa política da terra, que começa a preocupar os próprios governos, política de higiene, de economia, de instrução, cujo resultado será integrar definitivamente o sertão no corpo da nacionalidade. Pois bem, quando se cogitar de descobrir o fecho dos dois séculos, o ponto simbólico onde termina a política de formação para se iniciar a política de integração, não duvido que Canudos seja esse ponto de referência escolhido, para marcar a transição das suas eras. E a glória de Afonso Arinos será sempre a de ter sido dos primeiros, senão o primeiro, a proclamar a importância decisiva desse acontecimento, que 'abriu as portas da nacionalidade brasileira para seus filhos sertanejos'."

Data desse mesmo ano de 1897 seu casamento com Antonieta Prado, cujo padrinho foi o visconde de Ouro Preto, último chefe do governo imperial. Dele nasceria uma filha, Maria Catarina, morta na primeira infância.

Com a morte de Eduardo Prado em 1901, Afonso candidatou-se a suas vagas na Academia Brasileira de Letras e no Instituto Histórico e Geográfico Brasileiro, sendo eleito para ambas, aos 31 anos de idade. De retorno ao Rio, voltara a praticar a advocacia, tendo publicado na imprensa "Atalaia Bandeirante" e "Tropas e Tropeiros". Olavo Bilac saudou-o na Academia dois anos depois, em cerimônia efetuada no Gabinete Português de Leitura.

Em 1904, Arinos se estabeleceria em Paris, onde, tendo como sócio o cunhado Luís da Silva Prado, abriu um escritório comercial. Passou, desde então, a vir regularmente ao Brasil, mais ou menos uma vez por ano. Lúcia Miguel Pereira quis basear as motivações dessas atitudes tomadas pelo sertanista mineiro na explicação de que, "amando a sua Minas com amor inconscientemente exagerado de quem se sentia atraído por outras terras, Arinos resgatava como escritor as infidelidades de homem desejoso de vida mais larga e requintada. Por uma espécie de compensação psicológica, era como que obrigado a exprimir as emoções que lhe despertavam as paisagens e a gente de sua terra, da terra de que o afastava tanta coisa e que por isso mesmo se lhe tornava mais cara." Mas o sobrinho Rodrigo Melo Franco de Andrade, que conviveu longamente com Afonso na França, reagiu, alegando que, "apesar das circunstâncias darem (...) impressão contrária, ele não tinha disposição de espírito para desinteressar-se da vida pública brasileira, e os impulsos do combatente monarquista, se conseguia contê-los, não conseguia reprimi-los sem uma constante mortificação. Terá sido, provavelmente, esse sentimento de frustração, talvez agravado por se sentir em falta no cumprimento do que julgasse seu dever de civismo, o motivo de Afonso Arinos expatriar-se. Motivo muito diverso e mais sério do que a atração dos deleites da vida na Europa, atribuído, pelos que não o conheceram, a seu afastamento do Brasil."

Rodrigo reconhecia que, "no decurso desse longo período, porém, ele quase nada pôde produzir como escritor, faltando-lhe, ao que se pode presumir, o estímulo da ambiência da terra natal". Contudo, nos curtos espaços de tempo em que se reintegrava ao meio pátrio, "o escritor regionalista e o homem possuído do sentimento de ligação com o passado nacional estava no seu elemento. Impressionado com a indiferença que verificara perdurar no país, tanto de parte dos poderes públicos quando da imensa maioria da opinião, para com a sorte das populações sertanejas, Arinos se dispunha a fixar-se no Brasil definitivamente. Chocado com a descaracterização progressiva e pretensiosa de nossas cidades (*sente-se, aqui, a opinião do homem que encarnou, por décadas, o Patrimônio Histórico e Artístico Nacional*), e pressentindo qualquer coisa a atuar em profundidade para a desnacionalização, a têmpera do combatente lhe fora de novo intensamente despertada, e ele aspirava a empreender uma grande campanha pela causa brasileira".

Ao escrever a Martim Francisco, Afonso confirmou essa impressão, dizendo ao velho amigo que "a minha residência no estrangeiro não faz senão aumentar meu interesse pelas coisas do nosso país".

Em 1914, Arinos chegou ao Brasil no dia exato em que rebentava a primeira guerra mundial, e aqui permaneceu até 1916. A caminho da sua última viagem pelo sertão, lembra Rodrigo, deu-se "a conferência admirável, pronunciada no Teatro Municipal de Belo Horizonte em 1915, num espetáculo promovido em benefício dos flagelados da seca famosa ocorrida no nordeste daquele ano. Intitulou-a 'A Unidade da Pátria', e nela sustentou, num texto denso de observações e conceitos de alcance excepcional, a tese de que a unidade nacional se realizou muito mais pelo sofrido labor das classes populares ao longo do atual território brasileiro do que por medidas governamentais inspiradas na intenção dos homens de Estado."

Ao despontar do ano seguinte, 1916, o "velho" Afonso Arinos, com sua barba grisalha, contava 47 anos de idade. "Embarcando num navio espanhol em fins de janeiro – narra o sobrinho Afonso Arinos de Melo Franco em *Um Estadista da República*, livro no qual biografou o pai, Afrânio de Melo Franco, irmão de Afonso –, Arinos teve a bordo uma crise de vesícula que o matou após uma operação inútil, no dia 16 de fevereiro, em Barcelona. Foi enorme o choque causado entre os seus, pelo golpe inesperado. Até então nunca ocorrera nada de semelhante naquela família feliz. Nas velhas cartas e outros papéis, piedosamente conservados por Melo Franco, tem-se a impressão da catástrofe que foi para pais e irmãos a morte de Arinos. Aliás, em todo o Brasil, era unânime a mágoa pelo desaparecimento do sertanista. Seu enterro em S. Paulo (o corpo viera de torna-viagem) foi uma consagração popular e oficial. A imprensa de várias capitais abria colunas com biografias, apreciações críticas, anedotas a seu respeito. Causa até certa surpresa ver como aquele homem que nunca tivera funções de relevo, nem influência de qualquer espécie; que desde tantos anos vivia no estrangeiro e afundava no sertão quando vinha de passagem ao Brasil, podia ter despertado e conservado tantas afeições. É que o seu encanto pessoal, sua pureza sadia, seu generoso desinteresse e, principalmente, seu profundo, autêntico coração brasileiro, compunham uma personalidade ao mesmo tempo romântica e real, feita para atrair a atenção e prender sentimentos. Morto em terra estranha, não tivera Arinos nem a vida nem a morte com que sonhara."

Esta, ele definira para a mãe, em carta de 1912, onde se queixava da "vida de judeu errante, sempre em marcha e sem lar. No fim, a gente sente necessidade de um canto bem seu. Mas, nos meus sonhos para um futuro que não pode mais ser longínquo, o canto que me parece mais belo e mais propício à mansão da velhice é sempre alguma fazendola entre coqueiros, com um belo córrego ao lado, o quintal cheio de laranjeiras, juritis e sabiás. Aí a gente poderia esperar, de pé, a morte".

Sabendo-o desenganado, o irmão Armínio, lotado em posto diplomático na Europa, acorrera a Barcelona, onde Afonso lhe disse: "Entrego meu corpo e minha alma a Nossa Senhora." Conservara, até o fim, a "fé de negra velha" de que me falava o segundo Afonso Arinos, a veneração à Virgem, "O Culto de Maria nos Costumes, na Tradição e na História do Brasil", longamente versado nas *Lendas e Tradições Brasileiras*.

Após a morte de Arinos, *A Unidade da Pátria* e *Lendas e Tradições Brasileiras*, coletânea constituída por um curso de palestras feitas em São Paulo quando da sua última estada, foram editadas em 1917, respectivamente pela Livraria Francisco Alves e pela Sociedade de Cultura Artística de São Paulo. No mesmo ano, a Francisco Alves publicou a peça teatral *O Contratador de Diamantes*, e *Histórias e Paisagens* em 1921.

O sobrinho homônimo doou os originais da novela incompleta *Ouro! Ouro!* à Academia Brasileira de Letras, e eu, sobrinho-neto, fiz o mesmo com manuscritos do romance *O Mestre de Campo*, das *Lendas e Tradições Brasileiras*, do ensaio "Tropas e Tropeiros", dos contos "Joaquim Mironga" e "Pedro Barqueiro".

Em 1929, quando da inauguração, pelo presidente Antônio Carlos, do monumento a Afonso Arinos em Belo Horizonte, na praça que hoje lhe traz o nome, Azevedo Amaral assim comentou o evento no *Minas Gerais*: "Ninguém antes do original e vigoroso escritor mineiro havia dado forma artística ao conjunto de expressões recebidas das paisagens da nossa terra e às emoções em que revivem as aluviões da formação nacional, mantidas no subconsciente como base do desenvolvimento sociológico da nacionalidade. (...) Assim, a sua obra marca o alvorecer de uma autonomia literária, que deve ser a afirmação intelectual da nossa emancipação. (...) Afonso Arinos, coordenando o homem e o solo em uma síntese cuja expressão estética ilumina encantadoramente a sua obra, foi o pioneiro dessa emancipação intelectual do Brasil e o primeiro libertador do nosso gênio nacional, antes dele ainda vinculado às correntes de uma estesia de além-mar, que nos deixava como hóspedes e intrusos no cenário em que temos de levantar a estrutura autonômica de uma cultura e de uma civilização originais."

BIBLIOGRAFIA

Pelo Sertão – Histórias e Paisagens. Rio de Janeiro: Laemmert & C., 1898.

Os Jagunços, Novela Sertaneja escrita expressamente para *O Comércio de S. Paulo* e publicada por esta folha (sob o pseudônimo de Olívio de Barros). São Paulo, 1898.

Notas do Dia (Comemorando). S. Paulo: Tipografia Andrade & Mello, 1900.

Ouro! Ouro!, Academia Brasileira de Letras, 1968 (cópia xerox do original).

Lendas e Tradições Brasileiras (prefácio de Olavo Bilac), S. Paulo: Levi, 1917.

A Unidade da Pátria. Rio de Janeiro: Livraria Francisco Alves, 1917.

O Contratador dos Diamantes. Rio de Janeiro: Livraria Francisco Alves, 1917.

O Mestre de Campo (Romance de costumes do século XVIII). Rio de Janeiro: Livraria Francisco Alves, 1918.

Histórias e Paisagens. Rio de Janeiro: Livraria Francisco Alves, 1921.

ANTOLOGIA

Buriti Perdido*

Velha palmeira solitária, testemunha sobrevivente do drama da conquista, que de majestade e de tristura não exprimes, venerável epônimo dos campos!

No meio da campina verde, de um verde esmaiado e merencório, onde tremeluzem às vezes as florinhas douradas do alecrim-do-campo, tu te ergues altaneira, levantando aos céus as palmas tesas – velho guerreiro petrificado em meio da peleja!

Tu me apareces como o poema vivo de uma raça quase extinta, como a canção dolorosa do sofrimento das tribos, como o hino glorioso de seus feitos, a narração comovida das pugnas contra os homens de além!

Por que ficaste de pé, quando teus coevos já tombaram?

Nem os rapsodistas antigos, nem a lenda cheia de poesia do cantor cego da *Ilíada* comovem mais do que tu, vegetal ancião, cantor mudo da vida primitiva dos sertões!

Atalaia grandioso dos campos e das matas – junto de ti pasce tranquilo o touro selvagem e as potrancas ligeiras, que não conhecem o jugo do homem.

---

* *In*: *Pelo Sertão – Histórias e Paisagens*. Rio de Janeiro: Laemmert & C., 1898, pp. 61-64.

São teus companheiros, de quando em quando, os patos pretos que arribam ariscos das lagoas longínquas em demanda de outras mais quietas e solitárias, e que dominas, velha palmeira, com tua figura erecta, queda e majestosa como a de um velho guerreiro petrificado.

As varas de queixadas bravios atravessam o campo e, ao passarem junto de ti, talvez por causa do ladrido do vento em tuas palmas, redemoinham e rangem os dentes furiosamente, como o rufar de tambores de guerra.

O corcel lubuno, pastor da tropilha, à sombra de tua fronde, sacode vaidosamente a cabeça para arrojar fora da testa a crina basta do topete que lhe encobre a vista; relincha depois, nitre com força apelidando a favorita da tropilha, que morde o capim-mimoso da borda da lagoa.

Junto de ti, à noite, há dois séculos, as primeiras bandeiras invasoras; o guerreiro tupi, escravo dos de Piratininga, parou então extático diante da velha palmeira e relembrou os tempos de sua independência, quando as tribos nômades vagavam livres por esta terra.

Poeta dos desertos, cantor mudo da natureza virgem dos sertões, evoé!

Gerações e gerações passarão ainda, antes que seque esse tronco pardo e escamoso.

A terra que te circunda e os campos adjacentes tomaram teu nome, ó epônimo, e o conservarão!

Se algum dia a civilização ganhar essa paragem longínqua, talvez uma grande cidade se levante na campina extensa que te serve de soco, velho Buriti Perdido. Então, como os hoplitas atenienses cativos em Siracusa, que conquistaram a liberdade enternecendo os duros senhores à narração das próprias desgraças nos versos sublimes de Eurípedes, tu impedirás, poeta dos desertos, a própria destruição, comprando teu direito à vida com a poesia selvagem e dolorida que tu sabes tão bem comunicar

Então, talvez, uma alma amante das lendas primevas, uma alma que tenhas movido ao amor e à poesia, não permitindo a tua destruição, fará com que figures em larga praça como um monumento às gerações extintas, uma página sempre aberta de um poema que não foi escrito, mas que referve na mente de cada um dos filhos desta terra.

Pedro Barqueiro (Tipo do sertão)*

(A Coelho Neto)

"– Eu lhe conto" – dizia-me o Flor, quase ao chegarmos à Cruz de Pedra. – "Naquele tempo eu era franzinozinho, maneiro de corpo, ligeiro de braços e de pernas. Meu patrão era avalentoado, temido e tinha sempre em casa uns vinte capangas, rapaziada de ponta de dedo. Eu tinha uma meia légua, trochada de aço, que era meu osso da correia." E, consertando o corpo no lombilho, soltou as rédeas à mula ruana, que era boa estradeira. Inclinou-se para um lado, debruçando-se sobre a coxa, e apertou na unha do polegar o fogo do cigarro, puxando uma baforada de fumo.

"Estávamos, um dia, divertindo-nos com os ponteados do Adão, à viola. Eu estava recostado sobre os pelegos do lombilho, estendidos no chão. A rapaziada toda em roda. Pouco tínhamos que fazer e passava-se o tempo assim.

"Eis senão quando entra o patrão, com aqueles modos decididos, e, voltando-se para um moço que o acompanhava,

---

* *In*: *Pelo Sertão – Histórias e Paisagens*. Rio de Janeiro: Laemmert & C., 1898, pp. 183-199.

disse: 'Para o Pedro Barqueiro bastam estes meninos!' – apontando-me e ao Pascoal com o indicador. – 'Não preciso bulir nos meus peitos largos. O Flor e o Pascoal dão-me conta do crioulo aqui, amarrado a sedenho'.

"Para que mentir, patrãozinho? O coração me pulou cá dentro, e eu disse comigo – estou na unha! O Pascoal me olhou com o rabo dos olhos. Parece que o patrão nos queria experimentar. Éramos os mais novos dos camaradas, e nunca tínhamos servido senão no campo, juntando tropa espalhada, pegando algum burro sumido. Ou tinha ouvido falar sempre no Pedro Barqueiro, que um dia aparecera na cidade sem se saber quem era, nem donde vinha. Cheguei uma vez a conhecê-lo e falamo-nos. Que boa peça, patrãozinho! Crioulo retinto, alto, troncudo, pouco falante e desempenado. Cada tronco de braço que nem um pedaço de aroeira.

"Estou com ele diante dos olhos, com aquela roupa azuleja, tingida no Barro Preto; atravessado à cinta um ferro comprido, afiado, alumiando sempre, maior que um facão e menorzinho do que uma espada.

"Esse negro metia medo de se ver, mas era bonito. Olhava a gente assim com ar de soberbo, de cima para baixo. Parecia ter certeza de que, em chegando a encostar a mão num cabra, o cabra era defunto. Ninguém bulia com ele, mas ele não mexia com os outros. Vivia seu quieto, em seu canto. Um dia, pegaram a dizer que ele era negro fugido, escravo de um homem lá das bandas do Carinhanha. Chegou aos ouvidos do patrão esse boato. Para que chegou, meu Deus! O patrão não gostava de ver negro, nem mulato de proa. Queria que lhe tirassem o chapéu e lhe tomassem a bênção.

"Daí, ainda contavam muita valentia do Barqueiro, nome que lhe puseram por ter vindo dos lados do rio São Francisco. Essas histórias esquentavam mais o patrão, que eu estava vendo de uma hora para outra estripado no meio da rua, porque era homem de chegar quando lhe fizessem alguma.

"Tanto eu como Pascoal tínhamos medo de que o patrão topasse Pedro Barqueiro nas ruas da cidade.

"Subiram de ponto esse nosso receio e a ira do patrão, quando se soube de uma passagem do Pedro, num batuque, em casa de Maria Nova, na Rua da Abadia.

"Chegara uma precatória da Pedra dos Angicos e o juiz mandou prender a Pedro. Deram cerco à casa onde ele estava na noite do batuque. Ah! meu patrãozinho! o crioulo mostrou aí que canela de onça não é assobio. Não é dizer que estivesse muito armado, nem por isso: só tinha o tal ferro, alumiando sempre; e com esse ferro deu pancas.

"Quando cercaram a casinha e lhe deram voz de prisão, o negro fechou a cara e ficou feito um jacaré de papo amarelo. Deu frente à porta da rua e encostou-se a uma parede. Maria Nova estava perto e me disse que ele cochichou uma oração, apertando nos dedos um bentinho, que branquejava na pele negra de sua peitaria lustrosa.

"Chegaram a entrar a casa três homens da escolta, e todos três ficaram estendidos. Pedro tinha oração, e muito boa oração contra armas de fogo, porque José Pequeno, caboclinho atarracado, ao entrar, escancarou no negro o pinguelo de um clavinote e fez fogo. Pedro Barqueiro caminhou sobre ele na fumaça da pólvora e, quando clareou a sala, José Pequeno estava escornado no chão como um boi sangrado.

"Dois rapazinhos quiseram chegar ainda assim, mas Pedro Barqueiro descadeirou um e pôs as tripas de fora a outro, que escaparam, é verdade, mas ficaram lá no chão gemendo por muito tempo.

"Daí para cá, Pedro evitava andar pela cidade, onde só aparecia de longe em longe, e à noite. Mas todo mundo tinha medo dele e vivia adulando-o.

"Um dia, como já lhe contei, apareceu lá em casa um moço pedindo auxílio a meu patrão para agarrar o negro. Era mesmo escravo, o Barqueiro; mas há muitos anos vivia fugido.

Já lhe disse que o patrão queria tirar o topete ao valentão, e, para isso, escolheu o pobre de mim e Pascoal.

– Que dizes, Flor? – falou o patrão rindo-se.

"– Uai, meu branco, vossemecê mandando, o negro vem mesmo, e no sedenho.

"– Quero ver isso.

"– Vamos embora, Pascoal!

"Quando íamos a sair, o patrão bateu-me no ombro e, voltando-se para o moço, disse muito firme: 'Pode prevenir a escolta para vir buscar o Barqueiro aqui, de tarde. Hão de dar duzentos mil-réis a estes meninos.'

"Desci ao quarto dos arreios, passei a mão na meia légua e no facão e apertei a correia à cinta.

"Pascoal já estava na porta da rua, assobiando. Tinha por costume, nos momentos de aperto, assobiar sempre uma trova que diz assim:

Na mata de Josué
    Ouvi o mutum gemê;
    Ele geme assim:
    Ai-rê-uê, hum! airê!

"Quando Pascoal me viu, soltou uma risada.

"– Estás doido, rapaz! – gritou-me.

"– Por quê?

"– Queres mesmo enfrentar o Pedro Barqueiro?... Ele faz de nós paçoca. A coisa se há de fazer de outro modo.

"Pascoal tinha tento e eu sempre tive fé nele. Era um cabritozinho mitrado. Saía-lhe cada ideia... Mandou-me guardar a meia légua e o facão. Depois, foi à venda, escolheu anzóis de pesca e veio para casa encastoá-los. Eu, nem bico! Ajudei a acabar o serviço, certo de que Pascoal tinha alguma na mente.

"– Deixa a coisa comigo – ajuntava ele.

"Isso ainda era cedo; o sol estava umas três braças de fora, no tempo dos dias grandes. Lá por casa madrugávamos sempre, para ir ao pasto e trazer os animais de trato.

"– Vamos fazer uma pescaria – disse-me o Pascoal. – Ali para os lados do Batista, perto de um baruzeiro grande, há um poço onde as curimatãs e os piaus são como formigas. O rancho do Pedro Barqueiro fica perto. Ele mora só e eu conheço bem o lugar. Pela astúcia, havemos de prendê-lo. Quando eu gritar – segura Flor! – tu agarras o negro, mas segura rente!

"E fomos. Nessa hora me veio bastante vontade de fugir ao perigo, de ir passear, porque tinha como certo suceder-nos alguma. 'Que é lá, Flor! – disse de mim para mim: 'Um homem é para outro.' E, depois, o Pascoal não me deixava nas embiras.

Quando descemos o Gorgulho e fomos virando para o lado do córrego, fiquei meio sorumbático. Nesse tempo, eu andava arrastando a asa à Emília, filha do José Carapina. Era uma roxa bonita deveras, e não estava muito longe de me querer. Posso dizer mesmo que na véspera olhou muito para mim, ao passar com a saia de chita sarapintada de vermelho, umas chinelas novas de cordovão amarelo. Ah! que peitinho de jaó, patrãozinho! empinado, redondo, macio como um couro de lontra. Com o devido respeito, patrãozinho, eu estava na peia, enrabichado, e foi nesse mesmo dia que ela me deu esta cinta de lã, tecida por suas mãos, que guardo até hoje. 'Ai! roxa da minha paixão! – pensava eu –, como hei de morrer assim, fazendo cruz na boca?' O diabo da ideia me atarantou pelo caminho e cheguei a dar tremenda topada numa pedra, no meio da estrada. Curvei-me sobre a perna, agarrei o pé com as mãos e estive assim, dançando sem querer, um pedacinho de tempo. Depois, levantei a cabeça. Pascoal sentara num barranco e encarava para mim, rindo. Levantei a cabeça e olhei para cima, assuntando. No céu galopavam umas nuvens escuras, a modo de um bando de queixadas rodando pelo campo.

"Um vento áspero passava, arrancando do jenipapeiro as frutas maduras, que esborrachavam no chão, assim – pof! – espantando as juritis que andavam esgravatando a terra e comendo grãozinhos. Duas seriemas guinchavam, esgoelavam. Depois vi que estavam brigando – me lembra como se fosse hoje – e uma avançava para a outra dando pulinhos, sacudindo as asas, com o cocuruto arrepiado e os olhos em fogo. O coração pareceu dizer-me outra vez: – 'Olha, Flor, o que vais fazer.' Nesse entretanto, o Pascoal, que me encarava sempre do ponto onde estava sentado, gritou-me:

"– Esqueceste a cabeça nalgum lugar? Vamos embora, que vai tardando já.

"Fiquei descochado; caí em mim e fui marchando disposto. Daí em diante, fui brincando com o Pascoal, que era muito divertido e tinha sempre um caso a contar.

"Chegando embaixo, arregaçamos as calças e descemos o córrego, cada um com seu anzol na vara, ao ombro.

"Era preciso que ninguém desconfiasse do nosso conluio para prendermos o Pedro Barqueiro.

"Aí, quase que tínhamos esquecido o perigoso mandado, tão diferente andava a conversa com as caçoadas do Pascoal.

"Para encurtar a história, patrãozinho, achamos Pedro Barqueiro no rancho, que só tinha três divisões: a sala, o quarto dele e a cozinha.

"Quando chegamos, Pedro estava no terreiro debulhando milho, que havia colhido em sua rocinha, ali perto.

"Vocês por aqui, meninos? Olhem! vão ali àquele poço, para baixo da cachoeira. Tem lá uma laje grande e de cima dela vocês podem fazer bichas com os piaus.

"– Louvado seja Cristo, meu tio!" – havia dito o Pascoal, e nisto o imitei.

"– Se quiserem comer uma carne assada ao espeto, tirem um naco; está na fumaça, por cima do fogão, uma boa manta. Olhem a faca aí na sala, se vocês não têm algum caxerenguengue.

"Pascoal entrou e viu recostado a um canto da parede o ferro alumiando. Pegou nele, saiu pela porta da cozinha e escondeu-o numa restinga, ao fundo. Depois, me assobiou, eu acudi e fui procurar a lazarina de Pedro – boa arma, de um só cano, é verdade, mas comedeira.

"– Há alguma jaó por aqui, tio Pedro? – perguntou Pascoal.

"– Nem uma, nem duas, um lote delas. Se você quer experimentar minha arma, vá lá dentro e tire-a. Não errando a pontaria, você traz agora mesmo uma jaó.

"– Quero matar um passarinho para fazer isca, meu tio.

"– Pois vá, menino.

"E Pascoal descarregou a arma.

"Pedro tinha-se levantado e falava com Pascoal do vão da porta de entrada.

"Era hora.

"Pascoal me fez um sinalzinho, eu dei volta e entrei pela porta do fundo para agarrar o Barqueiro pelas costas. A combinação era essa. Enquanto o Pascoal o foi entretendo, eu fui chegando soturno, e quando ele gritou – 'segura!' – eu pulei como uma onça sobre o negro desprevenido.

"Conheci o que era homem, patrãozinho! Saltando-lhe nas costas, dei-lhe um abraço de tamanduá no pescoço. Mas o negro não pateteou e, mergulhando comigo para dentro da sala, gritou:

"– Nem dez de vocês, meninos! Ah! se eu soubesse...

"Patrãozinho, eu sei dizer que o negro me sacudiu para cima como um touro bravo sacode uma garrocha. Mas eu via que, se o largasse, estava morto, e arrochei os braços.

"– Chega, Pascoal! – gritei.

"– Eu quero manobrar de fora. Ânimo! Segura bem que nós amarramos o negro.

"Que tirada de tempo. O negro, às vezes, abaixava a cabeça, dando de popa, e minhas pernas dançavam no ar, tocando quase o teto do rancho. Lutamos, lutamos, até que Pascoal pôde meter um tolete de pau entre as canelas do Pedro, de modo que ele cambaleou e caiu de bruços. Nós dois pulamos em riba dele. Eu, triunfante, gritava 'Conheceu, crioulo? Negro é homem?" Ele era teimoso, porque dizia ainda: "Nem dez de vocês, meninos! Ah! se eu soubesse...'

"Pascoal trazia à bandoleira um embornal para carregar peixe e veio dentro dele escondida uma corda de sedenho, comprida e forte.

"O Barqueiro estava no chão; e foi preciso ainda fazermos bonito para amarrá-lo.

"Agora, puxe na frente, seu negro! – gritou-lhe o Pascoal.

"Havíamos juntado os braços dele nas costas e apertamos com vontade. Ficou completamente tolhido.

"Eu ia segurando a ponta do sedenho e levava o negro na frente. Mesmo assim, houve uma hora em que ele me deu um tombo, arrancando de repente a correr. Por seguro, a corda estava-me enrolada ma mão e eu não a larguei. Nesse instante, Pascoal tinha corrido atrás dele e lhe descarregado na nuca um tremendo murro, que o fez bambear um pouco e me deu tempo de endurecer o corpo e segurar firme a corda.

"O Barqueiro, depois que saiu do rancho, não piou.

"Chegamos à casa de tarde e o negro ia no sedenho.

"– Eu não disse – gritava o patrão muito contente – que só bastavam esses dois meninos para o Barqueiro? Está aí o negro.

"E o povo corria para ver, e a frente da casa do patrão estava estivada de gente.

"Recebemos os duzentos mil-réis.

"Tinha-me esquecido de contar-lhe que eu fizera uma promessa à Senhora da Abadia, de levar-lhe uma vela, se voltasse são e salvo. Cumpri a promessa no dia seguinte e arranjei uma festinha para a noite. Queria um pé para estar com a Emília.

"Comprei um trancelim de ouro para aquela roxa de meus pecados e um xale azul. Ela era esquiva. Fez muito momo nessa noite, e não me quis dar nem uma boquinha, com o devido respeito ao patrãozinho.

"Saí da casa de José Mendes, onde dei a festa, quando os galos estavam amiudando.

"A estrela-d'alva, no céu escuro, parecia uma garça lavando-se na lagoa. O orvalho das vassouras me molhou as pernas e eu estremeci um bocadinho. Entrei num beco que ia sair na Rua de Trás, onde eu então morava.

"Ia meio avexado e peguei a banzar. Emília! Emília do coração! por que me amofinas com esse pouco caso? E desandei a cantar, bem chorada, esta cantiga:

Tá trepado no pau,
De cabeça para baixo.
Com as asas caídas
Gavião de penacho!
Todo mundo tem seu bem,

Só pobre de mim não tem!
Ai! gavião de penacho!

"De repente, pulou um vulto diante de mim. Quem havia de ser, patrãozinho? Era o Pedro Barqueiro em carne e osso. Tinha, não sei como, desamarrado as cordas e escapado da escolta, em cujas mãos o patrão o havia entregado.

"O ladrão do negro tinha oração até contra sedenho!

"Sem me dar tempo de nada, o Barqueiro me agarrou pela gola e me sujigou. Levantou-me no ar três vezes, de braço teso e gritou-me:

"– Pede perdão, cabrito desavergonhado, do que fizeste ontem, que te vou mandar para o inferno! Pede perdão, já!

"A gente precisa ter um bocado de sangue nas veias, patrãozinho, e um homem é um homem! Eu não lhe disse pau nem pedra. Vi que morria, criei ânimo e disse comigo que o negro não me havia de pôr o pé no pescoço.

"Exigiu-me ele, ainda muitas vezes, que lhe pedisse perdão, mas eu não respondo. Então, ele me foi levando nos braços até uma pontezinha que atravessava uma perambeira medonha. A boca do buraco estava escura como breu e parecia uma boca de sucuriú querendo me engolir. Suspendeu-me arriba do guarda-mão da ponte e balançou meu corpo no ar.

Nessa hora, subiu-me um frio pelos pés e um como formigueiro passeou pela regueira das costas até a nuca, mas minha boca ficou fechada. Então, o Barqueiro, levantando-me de novo, me pousou no chão, onde eu bati firme.

"O dia estava querendo clarear. O negro olhou para mim muito tempo, depois disse:

"– Vai-te embora, cabritinho, tu és o único homem que tenho encontrado nesta vida!

"Eu olhei para ele, pasmado.

"Aquele pedaço de crioulo cresceu-me diante dos olhos, e vi – não sei se era o dia que vinha raiando – mas eu vi uma luz estúrdia na cabeça de Pedro.

"Desempenado, robusto, grande, de braço estendido, me pareceu, mal comparando, o Arcanjo São Miguel sujigando o Maligno. Até claro ele ficou nessa hora!

"Tirei o chapéu e fui andando de costas, olhando sempre para ele.

"Veio-me uma coisa na garganta e penso que me ia faltando o ar.

"Insensivelmente, estendi a mão. As lágrimas me saltaram dos olhos, e foi chorando que eu disse:

"– Louvado seja Cristo, tio Pedro.

"Quando caí em mim, ele tinha desaparecido."

A Garupa
(História do sertão)

Saímos para o campeio com a fresca da madrugada. Tínhamos de ir longe e de pousar no campo. Eu tomava conta da eguada, ele era vaqueiro. Vizinhos de retiro na fazenda de meu amo, companheiros de muitos anos, não largávamos um do outro. Sempre que havia uma folgazinha, ou ele vinha para o meu rancho, ou eu ia para o rancho dele. Às vezes, quando meu amo queria perguntar por nós aos outros vaqueiros e camaradas, dizia:

– Onde estão a corda e a caçamba?

Vancê bem pode imaginar, patrão, que tábua eu não carrego, que dor me não dói bem no fundo do coração, desde aquele triste dia.

Como eu lhe ia dizendo, nós saímos com a fresca. Por sinal que naquele dia, compadre Quinca estava alegre, animado como poucas vezes. Ainda me lembra que o cavalo dele, um castanho estrelo calçado dos quatro pés, a modo que não queria sair do terreiro. Quando nós fomos passando perto do coxo da porta, ou ele viu alguma coisa lá dentro ou quê, o diacho do cavalinho virou nos pés.

---

* *In*: *Histórias e Paisagens*. Rio de Janeiro: Livraria Francisco Alves, 1921, pp. 789-795.

O defunto Joaquim – coitado! Deus lhe dê o céu! – juntou o bicho nas esporas, jogou-o para a frente e, num galão, quase ralou a perna no rebuço do telhado de meia-água dos bezerros.

Saímos.

Quando fomos confrontando com a lagoa da Caiçara, ele ganhou o trilho para umas barrocas, lá embaixo, onde diziam que duas novilhas tinham dado cria e que um dos bezerros estava com bicheira no umbigo.

Eu torci para o logradouro das éguas, cá para a banda do cerrado de cima.

– Está bom. Então, até, compadre!

– Se Deus quiser, meu compadre!

Não sei o que falou por dentro dele, porque, naquele mesmo suflagrante, ele virou para mim e disse:

– Qual, compadre! Vamos juntos. Assim como assim, a gente não pode chegar à casa hoje. Pois então a gente viaja junto, e da Água Limpa eu torço lá para o fundão, para pegar as novilhas; vancê apanha lá adiante o caminho do logradouro.

Eu já ia indo um pedaço, quando dei de rédeas para trás e ajuntei-me outra vez com o compadre. Parece que ele estava adivinhando!

E fomos indo, conversa tira conversa, caso puxa caso. Êta, dia grande de meu Deus!

Ainda na beira de um corguinho, lá adiante, eu tirei dos alforjes um embornal com farinha, fiz um foguinho e assamos um naco de carne-seca, bem gorda e bem gostosa, louvado seja Deus. Bebemos um gole d'água e tocamos.

Aí, já na virada do dia, o compadre me disse:

– Compadre, vancê vai andando, que eu vou descer àquele buraco. Pode ter alguma rês ali. A modo que eu vi relampear o lombo daquela novilha chumbadinha, que anda sumida faz muito tempo.

Ele foi descendo para o buraco e eu segui meu caminho pelos altos. Com pouca dúvida, ouvi um grito grande e doido:

– Aiiii!

Acudi logo:

– Que é lá, compadre? e apertei nas esporas o meu queimado.

Não lhe conto nada, patrãozinho! Quando cheguei lá, o castanho galopava com os arreios e o meu compadre estava estendido numa moita de capim, com a cabeça meio para baixo e a mão apertada no peito.

– Que é isto, meu compadre? Não há de ser nada, com o favor de Deus!

Apalpei o homem, levantei-lhe a cabeça, arrastei-o para um capim, encostei-o ali, chamei por ele, esfreguei-lhe o corpo, corri lá embaixo, num olho-d'água, enchi o chapéu, quis dar-lhe de beber, sacudi-o, virei, mexi: nada! Estava tudo acabado! O compadre morrera de repente; só Deus foi testemunha.

– E agora, como é, Benedito Pires? Peguei a imaginar como era, como não era: eu sozinho e Deus, ou melhor, abaixo de Deus, o pobre do Benedito Pires; afora eu, o defunto e os dois bichos, o meu cavalo e o dele. Imaginei, imaginei... Dali à casa era um pedaço de chão, umas cinco léguas boas; ao arraial, também cinco léguas. Tanto fazia ir à casa, como ao arraial. Mais perto, nenhum morador, nem sinal de gente! Largar meu compadre, eu não podia: amigo é amigo! Demais, estava ficando tarde. Até eu ir buscar gente e voltar, o corpo ficava entregue aos bichos do mato, onça, ariranha, tatu-peba, tatu-canastra... Nem é bom falar! Levar o corpo para a casa e de lá para o arraial, era andar dez léguas, não contando o tempo de ajuntar gente em casa para carregar a rede. Assim, assentei que o melhor era fazer o que eu fiz. Distância por distância, decidi levar o compadre direito para o arraial onde há igreja e cemitério.

Mas, ir como? Aí é que estava a coisa. Pobre do compadre! Banzei um pedacinho e tirei o laço da garupa. Nós, campeiros, não largamos o nosso laço. Antes de ficar duro o defunto, passei o laço embaixo dos braços dele – coitado! –, joguei a ponta por cima do galho de um jatobá grande e suspendi o corpo no ar. Então, montei a cavalo e fiquei bem embaixo dos pés do defunto. Fui descendo o corpo devagarinho, abrindo-lhe as pernas e escarranchando-o na garupa.

Quando vi que estava bem engarupado, passei-lhe os braços por baixo dos meus e amarrei-lhe as mãos diante do meu peito. Assim ficou, grudado comigo. O cavalo dele atafulhou-se no cerrado.

– Lá se avenha! – pensei. – Tomara eu tempo para cuidar do pobre do dono!

Caminho para o arraial era um modo de falar. Estrada mesmo não havia: mal-mal uns trilhos de gado, uns cortando os outros, traçando-se pelos campos e sumindo-se nos cerradões.

Tomei as alturas e corri as esporas no meu queimado, que, louvado Deus, era bicho de fiança; nunca me deixou a pé e andou sempre arreadinho.

O sol já estava some-não-some atrás dos morros; a barra do céu, cor de açafrão; as jaós cantavam de lá, as perdizes respondiam de cá, tão triste!

Quando eu ganhei o espinhaço da serra, lá em cima, as nossas sombras, muito compridas, estendiam as cabeças até o fundo do boqueirão.

Era tempo de escuro. O que ainda me valeu, abaixo de Deus, foi que estava chegando o meio do ano, e nessa ocasião, a estrela do pastor nasce de tarde e alumia pela noite dentro.

Enquanto foi dia, ainda que bem; mas, quando a noite fechou deveras e eu não tinha no meio daquele campo outra claridade senão a da estrela, só Noss'enhor sabe por que não acompanhei o compadre para o outro mundo, rodando por alguma perambeira, ou caindo com o seu corpo no fundo de algum grotão. Nos cerradões, ou nos matos, como no da beira do ribeirão, eu não enxergava, às vezes, nem as orelhas do meu queimado, que descia os topes gemendo. O compadre, aí rente. O que vale é que "macho que geme, a carga não teme", lá diz o ditado.

Toquei para diante: sobe morro, desce morro, vara chapada, fura mato, corta cerradão, salta córrego – eu fui andando sempre. O defunto vinha com o chapéu de couro preso no pescoço pela barbela e caído para a carcunda. Quando o queimado trotava um pouco mais depressa, o chapéu fazia – pum, pum, pum. O compadre a modo que estava esfriando demais. Não sei se era porque fosse mesmo tempo de frio, eu peguei a sentir nas costas uma coisa que me gelava os ossos e chegava a me esfriar o coração. Jesus! que friúra aquela!

A noite ia fechando, fechando. Eu já seguia, não sei como, pois tinha de andar só pelo rumo. O queimado, às vezes, refugava daqui, fugia dacolá, cheirava as moitas e bufava. Pelo barulho d'água, eu vi que nós íamos chegando à beira do ribeirão. Tinha aí de atravessar uma mataria braba, por um trilho de gado. Insensivelmente, eu fugia de um galho, negava o corpo a outro, virando na sela campeira. A cabeça do compadre, que, no princípio, batia de lá para cá e, às vezes, escangotava, endureceu, e o queixo dele, com a marcha do animal, me martelava a apá.

Fui tocando. Dentro da mataria, passava um ou outro vaga-lume, e havia uma voz triste, grossa, vagarosa, de algum pássaro da noite que eu não conheço e que cantava num tom só, muito compassado, zoando, zoando...

Em certa hora parecia que meu cavalo marchava num terreno oco: ao baque das passadas respondia lá no fundo outro baque e o som rolava como um trovão longe. A ramaria estava cerrada por cima de minha cabeça, que nem a coberta do meu rancho. O trilho a modo que ia ficando esconso, porque o queimado não sabia onde pisar; chegou uma horinha em que ele pegou a patinhar para cima, para baixo, de uma banda e de outra, sem adiantar um passo. O bicho parecia que estava ganhando força para fazer alguma. Não levou muito tempo, ele mergulhou aqui para sair lá adiante, descendo ao fundo de um buraco e galgando um tope aos arrancos, escorrega aqui, firma acolá.

Nesse vaivém, nesse balanço dos diabos, o corpo do compadre pendia pra lá, pra cá. Uma vez ou outra, ele ia arcando, arcando; a cara dele chegava mais perto da minha e – Deus me perdoe! – pensei até que ele queria me olhar no rosto.

Eu ia tocando toda-vida. Mas, aquele frio, ih! aquele frio foi crescendo, foi-me descendo para os pés, subindo para os ombros, estendendo-se para os braços e encarangando-me os dedos. Eu já quase não sentia as rédeas, nem os estribos.

Aí, por Deus! eu não enxergava nem as pontas das orelhas do queimado: a escuridão fechou de todo e o cavalo não pôde romper. Corri-lhe as esporas; o bicho era de espírito, eu bem sabia; mas bufava, bufava, cheirando alguma coisa na frente, e refugava... Tanto apertei o bicho nas esporas, que, de repente, ele suspendeu as mãos no ar... O corpo do compadre me puxou para trás, mas eu não perdi o tino. Tinha confiança no cavalo e debrucei-me para a frente... Senti que o caso do queimado batia numa torada de pau atravessada por cima do trilho.

E agora, Benedito? Entreguei a alma a Deus e bambeei as rédeas. O cavalo parou, tremendo... Mas o focinho dele andava de um lado para o outro, cheirando o chão e soprando com força... Com pouca dúvida, ele foi-se encostando devagarinho, bem rente do mato; minhas pernas roçavam nos troncos e na folhas do arvoredo miúdo. Senti um arranco e, com a ajuda de Deus, caí do outro lado, firme nos arreios; o queimado achou jeito de saltar a barreira n'algum lugar favorável.

Toquei para diante. Ah! patrão! não gosto de falar no que foi a passagem do ribeirão naquela noite! Não gosto de lembrar a descida do barranco, a correnteza, as pedras roliças do fundo d'água, aquele vau que a gente só passa de dia e com muito jeito, sabendo muito bem os lugares. Basta dizer que a água me chegou quase às borrainas da sela e, do outro lado, cavalo, cavaleiro e defunto – tudo pingava!

Eu já não sentia mais o meu corpo: o meu, o do defunto e o do cavalo misturaram-se num mesmo frio bem frio; eu não sabia mais qual era a minha perna, qual a dele... Eram três corpos num só corpo, três cabeças numa cabeça, porque só a minha pensava... Mas, quem sabe também se o defunto não estava pensando? Quem sabe se não era eu o defunto e se não era ele que me vinha carregando na frente dos arreios?

Peguei a imaginar nisso, meu patrão, porque – medo não era, tomo a Deus por testemunha! – eu não sentia mais nada, nem sela, nem rédea, nem estribos. Parecia que eu era o ar, mas um ar muito frio, que andava sutil, sem tocar no chão, ouvindo – porque ouvir eu ouvia – de longe, do alto, as passadas do cavalo, e vendo – eu ainda enxergava também – as sombras do arvoredo no cerrado e, por cima de mim, a boiada das estrelas no pastoreio lá do céu!

Só este medo eu tive, meu patrão – de não poder falar. Quis chamar por meu nome, para ver se era eu mesmo; quis lembrar alguma coisa desta vida, mas não tive coragem de experimentar...

Aí já não posso dizer que marchei para diante: fui levado nessa dúvida, pensando que bem podia ser eu alguma alma perdida naquela noite, zanzando pelos campos e cerrados da terra onde assisti de menino...

E quem sabe também se a noite era só noite para meus olhos, olhos vidrados de defunto? Bem podia ser que fosse dia claro... Haverá dia e noite para as almas, ou será o dia das almas essa noite em que vou andando?

Essa dúvida, patrão, foi crescendo... E uma hora chegou em que eu não acreditava, nem punha mais fé no que eu tinha visto antes... Peguei a pensar que era minha alma quem ia acompanhando pela noite fora aqueles três vultos... Minha alma era um vento frio, avoando como um curiango arriba das nossas cabeças.

Daí, patrão, enfim, entendi que aquilo tudo por ali em roda era algum logradouro da gente que já morreu, alguma repartição de Noss'enhor, por onde a gente passa depois da morte. Mas, aquele escuro e aquele frio! Sim, era muito estúrdio aquilo. Ou quem sabe se aquilo era um pouso no caminho do outro mundo? Numa comparação, podia bem ser o estradão assombreado, por onde a alma, depois de separada do corpo, caminha para onde Deus é servido.

Ah! patrão! o que minh'alma imaginou aquele tempo todo eu não lhe posso contar, não! Sei que fomos embora, aqueles três vultos, um carregando dois e todos três irmanados dentro da mesma escuridão.

Tocamos.

De repente, peguei a ouvir galo cantar. Uai! Era bem o canto do galo; com pouca dúvida, um cachorro latiu lá adiante. Gente, que é isso? Que trapalhada era essa? Era o compadre que estava ouvindo, ou era eu? Pois, então, Benedito virou de novo Benedito?

Ou é que as coisas por lá são tal e qual as nossas de cá, com pouca diferença? Galo e cachorro eu ouvi. Estive assuntando mais e ouvi o mugido de uma vaca e o berro de um bezerro... Com um tiquinho de tempo mais, eu vi, e vi bem, uma casa e outra e outra e outra ainda! Gente, isso é o arraial: olha a igreja ali!

Não havia dúvida mais: estávamos no arraial e o queimado batia o casco numa calçadinha da rua.

Era eu mesmo, era o meu queimado e o compadre aí rente, na garupa!

Toquei para a casa do sacristão e bati. Custou muito a responder, mas uma janela abriu e uma cabeça apareceu a modo muito assustada.

– Abre a igreja, que tem defunto aqui!

– Cruz, cruz, cruz, ave, Maria! – gritou o sacristão assombrado, e bateu a janela, correndo para dentro da casa.

Eu não insisti mais. Toquei para a porta da igreja, de onde correram assustados uns cabritos. Defronte, o cruzeiro abria os braços para nós. Como havia de ser? Quem me podia ajudar a descer aquele corpo?

Parei um pedaço, olhando para o tempo.

Aí, o frio pegou a apertar outra vez, e uma coisa me fazia uma zoeira nos ouvidos, que nem um lote de cigarras num dia de sol quente. Que frio, que frio! Meu queixo pegou a bater feito uma vara de canelas-ruivas. Turrr! turrr! O compadre, atracado na minha carcunda, ficou feito um casco de tatu; quando meu calcanhar batia no pé dele, o baque respondia no corpo todo e o queixo dele me fincava com mais força na apá. A porta de igreja pegou a rodar, principiando muito devagarinho; e o cruzeiro, a modo que saía do lugar, vinha para mim, subia lá em cima, descia cá embaixo, como uma gangorra, mal comparando.

Peguei a sentir, não sei se na cabeça, não sei mesmo onde, um fogo, que era fogo lá dentro e cá fora, no meu corpo, nas minhas pernas, nas mãos, nos pés, nas costas era uma friúra, que ninguém nunca viu tão grande!...

Meu braço não mexia, minhas mãos não mexiam, meus pés não saíam do lugar; e, calado como defunto, eu fiquei ali, de olhos arregalados, olhando a escuridão, ouvidos alerta, ouvindo as coisas caladas!

Meu cavalo, estresilhado também de fome, de cansaço e de frio, vendo que a carga não era de cavaleiro, desandou a andar à toa, pra baixo, pra cima, catando aqui-acolá uns fiapos de capim.

Quando eu passava por perto da porta de alguma casa, fazia força e podia gritar:

– Ô de casa! Gente, vem ajudar um cristão! Vem dar uma demão aqui!

Ninguém respondia!

Numa porta em que o cavalo parou mais tempo – porque uma hora meu queimado parecia cavalo de aleijado parando nas portas para receber esmola – apareceu uma cara... E quando eu disse:

– É um defunto..., a pessoa soltou um grito e correu para dentro esconjurando...

Mas, as casas todas pegaram a embalançar outra vez, e eu estava como em cima d'água, boiando, boiando...

Parece que o queimado cansou de andar. Lá nos pés do cruzeiro, onde havia um gramado, ele parou...

E foi aí que vieram me achar, de manhãzinha, com os olhos arregalados, todo frio, todo encarangado e duro no cavalo, com o compadre à garupa!

Ah! patrão! amigo é amigo!

Daí para cá eu andei bem doente...

Quantos anos já lá se vão, nem eu sei mais.

O que eu sei, só o que eu sei, é que nunca mais, nunca mais aquele friúme das costas me largou!

Nem chás, nem mezinha, nem fogo, nem nada!

E quando eu ando pelo campo, quando eu deito na minha cama, quando eu vou a uma festa, me acompanha sempre, por toda a parte, de dia e de noite, aquele friúme, que não é mais deste mundo!

Coitado do compadre! Deus lhe dê o céu!

O escritor Afonso Arinos.

Afonso Arinos, homem do mundo.

O sertanejo Afonso Arinos.

Série Essencial

001	Oswaldo Cruz, *Moacyr Scliar*
002	Antônio Houaiss, *Afonso Arinos, filho*
003	Peregrino Júnior, *Arnaldo Niskier*
004	João do Rio, *Lêdo Ivo*
005	Gustavo Barroso, *Elvia Bezerra*
006	Rodolfo Garcia, *Maria Celeste Garcia*
007	Pedro Rabelo, *Ubiratan Machado*
008	Afonso Arinos de Melo Franco, *Afonso Arinos, filho*
009	Laurindo Rabelo, *Fábio Frohwein de Salles Moniz*
010	Artur Azevedo, *Sábato Magaldi*
011	Afonso Arinos, *Afonso Arinos, filho*

IMPRENSA OFICIAL DO ESTADO DE SÃO PAULO

Diretor Industrial: *Teiji Tomioka*
Diretor Financeiro: *Flávio Capello*
Diretora de Gestão de Negócios: *Lucia Maria Dal Medico*

Gerente de Produtos Editoriais e Institucionais: *Vera Lúcia Wey*

Coordenadora Editorial: *Cecília Scharlach*
Assistente Editorial: *Viviane Vilela*
Produtora Gráfica: *Nanci Roberta da Silva Cheregati*

CTP, Impressão e Acabamento: *Imprensa Oficial do Estado de São Paulo*

Rua da Mooca, 1.921 Mooca
03103 902 São Paulo SP
sac 0800 01234 01
sac@imprensaoficial.com.br
livros@imprensaoficial.com.br
www.imprensaoficial.com.br

GOVERNO DO ESTADO DE SÃO PAULO
Governador: *Alberto Goldman*

IMPRENSA OFICIAL DO ESTADO DE SÃO PAULO
Diretor-Presidente: *Hubert Alquéres*